Religiøst dilemma

Den religiøse afviger

FSC
www.fsc.org
MIX
Papir fra ansvarlige kilder
Paper from responsible sources
FSC® C105338

Religiøst dilemma

Den religiøse afviger

Poul Otto Jørgensen

Tidligere udgivet:
Skrinets Hemmelighed 2023
Det gamle kort 2023
Kirkebugtens dyb 2023
Stjernestøv i blodet 2023
Fatima og Peter 2023
Simple vers og meninger 2024
Morocco through my glasses 2024
Marokko set gennem mine briller 2024
Varmebænk og tagterrasse 2024

Forlag: BoD · Books on Demand, Strandvejen 100,
2900 Hellerup, bod@bod.dk
Tryk: Libri Plureos GmbH, Friedensallee 273,
22763 Hamborg, Tyskland
ISBN: 978-87-4306-058-1

Indhold

Forord

Mit møde med Gud

Den skønne gave

Barndommen

Konfirmationen

Ungdommen

Mine strejftogter rundt om i verden

Sammendrag

Mit videre liv – hændelser og meninger

Lederne

Efterskrift

Forord

Jeg skriver som den Poul Otto, jeg er - jeg bruger hverken AI eller andre hjælpemidler. Jeg er også så forstokket, at jeg stadigvæk skriver: Mohamed og ikke Muhammed, vel vidende, at det ikke er dansk korrekt.

Jeg vil fortsætte med at gøre det klart, at det ikke er min hensigt at kommentere eller analysere enkeltheder i de i bogen nævnte religioner. Jeg går derfor ikke ned i enkelthederne, hverken i religiøse vers eller lignende, så ingen unødvendige eksakte henvisninger til hverken, Det Gamle Testamente, Det Nye Testamente eller Koranen.

Det er min store forhåbning, at mine kommentarer og analyser fremtræder i et overordnet perspektiv, som det er let at forholde sig til.

Den religiøse afvigers mission

Jeg har valgt at skrive på min egen måde
for at bryde AI's gåde.

Jeg vil skrive ærligt om mig selv, forsøge at være
perfekt,
velvidende at jeg ind imellem også kan være
defekt.

Det er en balancegang,
der ikke kan klares med en sang.

De konservative kræfter bliver ikke glade,
de vil mig ganske sikkert hade!

Jeg kan vælge at lægge mine tanker på is,
og lade dem rådne op i en fis,

Men jeg har aldrig tvivlet på min sande tro,
så jeg håber de frø, jeg sår, vil gro!

Jeg vil vælge dem som frø at sprede på vores jord,
så de kan blomstre i deres fulde flor.

Tro mig, det er svært at blotte sig selv,
men jeg håber andre gavn af det vil få og leve vel!

Jeg erkender blankt, at min mission
er at bringe al verdens tro til diskussion,

for en samhørighed at opnå,
som sikkert kun kan accepteres af de få.

Så mit håb må være, at de mange bække små,
blive til den store å;

så vi en dag i verden forenet bliver
trods de sorte kræfters iver

efter at splitte os ad
og bringe hinanden for had.

Så hjælp mig arme mand
med at formidle min tro så sand,

på mennesket det tolerante og gode,
så vi ikke længere i vores liv skal rode.

Der er specielt to hændelser, der har bidraget til, at jeg tog mig sammen til at skrive nærværende bog.

Den første hændelse - 'Mit møde med Gud,' var så stærk, at den ændrede mit syn på livet.

Den anden hændelse - 'Den skønne gave,' bidrog til, at jeg indså, at var på tide, at komme i gang med at skrive bogen.

Mit møde med Gud

Jeg må erkende, at jeg ikke bliver yngre, så for at kunne holde den gående, har jeg fået foretaget nogle operationer.

Da jeg blev opereret i mit højre knæ for nogle få år siden, gik det grueligt galt. Det blev først opdaget efter en måned, at jeg havde en svær betændelse i knæet ja i hele kroppen; mine infektionstal var meget høje, så det blev til en akut operation, hvor knæprotesen blev nøje afrenset ligesom det omkringliggende væv.

Jeg døde under operationen; min sjæl/jeg fløj mærkeligt nok opad i cirkler, til jeg nåede en stor port. Jeg søgte forgæves efter en portvagt; men der var ingen. Porten stod heldigvis på klem, så jeg listede mig ind.

Derinde så jeg som det første en stor plads, som jeg fløj hen over mod en ophøjning foran et palads. På denne ophøjning stod der syv skikkelser alle med ryggen til. De var iført store kjortler i prægtige farver. Den største skikkelse stod i midten med sin smaragd grønne kjortel, der lyste så meget op, at den næsten blændende mig.

Jeg stillede mig et stykke bagved skikkelsen, tanken strejfede mig, at det måtte være selveste Gud.

Da jeg havde opholdt mig der et kort stykke tid, gjorde skikkelsen/Gud uden at vende sig om tegn med hånden til, at jeg skulle forlade området og sagde med en myndig stemme, at jeg skulle drage tilbage; min tid var ikke kommet endnu. Så jeg lettede, fløj ud gennem porten, der stadig stod på klem og fløj ned mod jorden igen i cirkler, der blev mindre og mindre, indtil jeg landede på operationsbordet; jeg havde "overlevet døden!"

Selvom jeg efter operationen var virkelig syg og udmattet, forsøgte jeg alligevel at fortrænge oplevelsen. Men det lykkedes kun i begrænset omfang, for de næste tre nætter stod dødens engel ovre i det fjerne hjørne og vogtede på mig i sin spraglede kappe med mørke farver.

Jeg blev lovet af lægen, at jeg i bedste fald ville være mobil igen efter tre måneder; men hvor fantastisk det end lyder, var jeg klar til livets udfordringer en måned og en dag før denne tid. Jeg har aldrig fået en forklaring på dette; men jeg tror selv, at min tro i denne situation har spillet en særdeles stor rolle.

Da jeg snart skal have en operation igen, denne gang i min højre skulder er mine tanker fra lige nævnte operation vendt tilbage; så ifald min sjæl og jeg også skulle flyve i samme retning denne gang og ikke blive afvist, føler jeg, at jeg skylder min familie, venner og nære bekendte en forklaring på mit livs adfærd med mit religiøse dilemma og min religiøse afvigelse.

Endelig kunne det jo også tænkes, at der er andre, der gider læse om mig som den religiøse afviger, jeg er.

Efterfølgende kommer den anden hændelse, der fik mig i gang med skriveriet.

Den skønne gave

For et stykke tid siden, da jeg møjsommeligt bevægede mig på vejen fra Aourir op mod mit hjem i Hay Assersif i Marokko, mødte jeg min gamle, skotske hippieven Eric fra Paradis Valley. Det er ham, jeg fortæller lidt om i et par af mine andre bøger.

Jeg kunne et øjeblik ikke genkende ham, som han sad dér alene på caféen med tekanden foran sig. Han havde fået guldindfattede briller, håret var ikke klippet, men det var rent og sad næsten sirligt med den obligatoriske knold i nakken præcist på plads. Han havde pænt nyt tøj på med hæklede kanter på ærmer og på bukseben i forskellige "hippiefarver."

Da jeg satte mig ved siden af ham og skænkede lidt te op i glasset, der var blevet sat foran mig, mærkede jeg med det samme, hvordan han udstrålede ro, frihed og fred.

Han havde ellers sværget, at han aldrig ville tilbage til Skotland, da det ville medføre, at han ville blive endnu mere skør i hovedet end han var. Men da han fik et brev fra den ene søster, hvori hun fortalte at den anden søster var død, var han ilet til Skotland og havde deltaget i begravelsen.

Han var forundret og glad over, så pænt familien havde taget mod ham udskuddet Eric, der var forsvundet som ung.

I forbindelse med begravelsen, som havde været både smuk og givet næring til, at gamle følelser var blusset op, havde han mødt familie og venner, som han ellers for længst havde glemt. Det havde varmet hans gamle hjerte, at hilse på dem og snakke med dem.

Inden han rejste hjem, havde familien foræret ham de guldindfattede briller, tøjet havde han allerede fået inden begravelsen.

Nu da han var tilbage, måtte han erkende, at angsten for at gense Skotland og familien havde været ubegrundet. Det havde endda inklusiv begravelsen været en god oplevelse. Han havde fået fred i sit sind og vidste nu, hvor meget det havde pint ham igennem alle årene, at han ikke havde haft kontakt med familie og venner i Skotland, så selvom han stadig ville have svært ved at opholde sig permanent i Skotland, havde han sat sig for, at han nu jævnligt ville kommunikere aktivt med dem allesammen "derhjemme."

"Så håber; du forstår Pål, at jeg nu har dobbelt ro og fred i mit sind. Jeg har freden med mit liv i

Paradis Valley langt væk fra verdens diskussioner, krige, og ulykker, og jeg har freden i mit sind, efter at jeg har genset mine kære og nære fra fortiden og fået snakket med dem om, hvorfor jeg gjorde, som jeg gjorde og lever, som jeg lever.

Jeg nikkede eftertænksomt og sagde: "Hjertelig tillykke Eric, det er en skøn gave, du har fået!"

Efterfølgende hjemme begyndte jeg om aftenen, at tænke på mig selv. Er der egentlig ikke lidt Eric i mig også? Selvom jeg ikke er hippie og aldrig har været hippie, har jeg været anderledes og opført mig anderledes i mangt og meget.

Mange af mine dispositioner i min tilværelse har været anderledes end mængdens, og selvom jeg har prøvet at forklare min familie og venner hvorfor, har jeg alligevel manglet en af de væsentlige grundsten i mine forklaringer, som jeg indtil nu har betragtet som værende privat.

Til trods for at jeg stadigvæk betragter den som en privat sag, er jeg imidlertid blevet klar over, at jeg kommer til at "ryste den ud af ærmet," for ligesom Eric at få dobbelt ro og fred i mit sind.

Det er skyldfølelsen overfor mine nærmeste på grund af mit religiøse dilemma og min religiøse afvigelse, der ikke er blevet mindre, efter at jeg blev den bevidst, da jeg kom i skole som syvårig, der gør, at jeg gerne vil forklare mig, mens der stadig er tid til det.

Jeg har taget tilløb til bekendelsen flere gange. I stedet for direkte at skrive en bog om dilemmaet, har jeg flettet mine religiøse og medmenneskelige budskaber ind i flere af mine tidligere udgivne bøger, og alligevel er det ikke lykkedes for mig at få dilemmaet og min afvigende tro belyst på en ordentlig måde

Jeg er ikke i tvivl om, at den overordnede grund er min frygt for at skrive om et så følsomt et emne.

Jeg var og er nemlig bange, for at jeg rører ved noget meget essentielt, ikke kun i en befolkningsgruppe; men i grupper i alle verdens befolkninger.

Jeg er bange

Jeg er bange!
Jeg frygter, at alle parter vil mig ramme.

Det jeg skriver om er religion,
så jeg bliver måske opfattet som en kujon,

der ikke har en tro som alle andre,
men fra den ene til den anden vil vandre.

Jeg har dog et synspunkt så fast,
som jeg vil bringe med lidet hast.

For først vil jeg argumentere
og lade jer spekulere

over min tilværelse så lang,
der ind imellem har været trang.

Nu da bogen er fløjtet i gang, er der ingen vej er tilbage. Samtidig med, at jeg erkender, at dens indhold er følsomt, er det absolut ikke min hensigt at støde nogen, hverken buddhister, hinduer, jøder, kristne, muslimer eller andre, hvis religion, jeg kommenterer i bogen. Jeg håber derfor på forståelse for det, jeg har skrevet, og tager det gerne om nødvendigt op til en saglig diskussion.

Barndommen

Da min bror Henning og jeg var små, lærte vores mor os at bede aftenbøn. Vi bad:

“Jeg er træt og går til ro,
lukker mine øjne to.

Fader se med kærlighed
til mit ringe leje ned!”

Jeg er sikker på, at min mor var en meget troende kvinde; men har tit og ofte tænkt på, hvordan hun var troende, for hun nævnte kun Vor Herre for os, Faderen i bønnen var den samme som Vor Herre. Så i min tidlige barndom kendte jeg kun til Vor Herre.

Lidt senere i livet fortalte min første barndomskæreste, Hanne mig om Gud, og det endte med, at vi blev enige om, at Vor Herre og Gud måtte være den samme.

Det var den Hanne, der fik mit hjerte til at græde i mange år. For mange år senere da jeg en aftenstund sad på Gisseløre stranden ved Kalundborg i Danmark inden solnedgang, kom hun kørende på sin cykel, placerede den op ad en lille betonmur, gik tæt til vandet, satte sig på en sten, tændte en cigaret og kiggede ud i luften. Jeg prøvede at fange hendes blik; men det var umuligt, så det endte med, at jeg luffede hjem.

Da jeg kort tid efter så hendes dødsannonce i Kalundborg Folkeblad, forstod jeg sammenhængen og bebrejdede mig selv, at jeg ikke havde kontaktet hende trods den manglende øjenkontakt; hun havde jo i allerhøjeste grad haft brug for at tale med sin gamle barndomskæreste. Gråden i mit hjerte var til stede, hver gang jeg kom til Gisseløre stranden på en aftenstund igennem adskillige år, hvor jeg tænkte på Hanne og hendes skæbne.

Det var, hvad man vel kan kalde for en åbenbaring, der dulmede disse smerter. Men åbenbaringen må vente til senere i bogen.

Hvor kom vi fra? Jo, vi resonerede, at Gud og Vor Herre måtte være den samme!

Året efter, da jeg kom i skole, kom jeg igen på gyngende grund. Minsandten om ikke Gud havde en søn, der hed Jesus, som vi lærte en masse om. Jeg fattede ikke en brik; at den ophøjede Gud - Vor Herre, som jeg bad til skulle have en søn med en dame fra jorden - jeg kunne simpelthen ikke få det ind i min forestillingsverden!

Hjemme spurgte og spurgte jeg min mor om sammenhængen; men jeg fik ikke rigtig noget svar. Hun havde som sagt aldrig spekuleret over sammenhængen mellem Gud og Jesus, hun havde hele sit liv bedt til Vor Herre og gjorde det vel til sine dages ende i en sammensmeltning af Gud og Jesus.

Det var ærlig talt ikke så sjovt, for når vi havde religion i skolen, forholdte jeg mig gennem alle årene til min simple tro på Vor Herre og havde derfor svært ved at deltage ærligt i undervisningen. Det blev blandt andet synliggjort, da jeg kiksede med de tolv apostle og vores indremissionske skolelærer konstaterede, at det måtte være dovenskab fra min side, for i biologi klarede jeg mig udmærket, så min manglende viden om de tolv apostle grænsede til øretæver.

Det var stadig min mor, der måtte stå for skud, og hun endte med at sige, at jeg ikke skulle tage det så tungt. Gud, Vor Herre og Jesus var såmænd nok den samme; jeg kendte allerede hendes budskab.

Jeg tyggede selvfølgelig endnu engang på forklaringen; men den hjalp ikke på min vildrede - det blev så grelt, at når jeg kom ind i en kirke, bad jeg til Gud/Vor Herre om tilgivelse for, at jeg ikke kunne tro på at Jesus var hans søn; men håbede alligevel hans på barmhjertighed under mit ophold i kirken.

Konfirmationen

Der opstod store problemer, da jeg skulle konfirmeres og "gik til præst." Jeg fik kvalme og blev syg, følte mig som en forræder, der deltog i noget, jeg ikke havde del i, så min mor måtte høre på mig igen.

Jeg ville ikke konfirmeres! Da den ikke gik, ville jeg vente, til jeg var rede. Min mor så på mig og sagde: "Jeg forstår måske godt dine tanker; men det er familiens ære, der står på spil!" Jeg har efterfølgende tænkt på dette udsagn så mange gange, og må konstatere, at det ofte dukker op i mine tanker.

Min mor var på sin vis en forstandig kvinde, så det endte med et kompromis. Hun ringede til præsten, det var pastor Finnerup - den gæve og forstandige mand - og fortalte ham om mine problemer. Han svarede hende, at hun skulle sige til mig, at han ville snakke med mig om det på sit kontor den næste dag, når vi havde sluttet konfirmandundervisningen.

Min mor sagde endvidere til mig, at både min lillebror Henning og min far ikke skulle vide noget om min religiøse tvivl og om vores aftaler. Det skulle blive mellem os. Hun kunne med snilde have bestridt et højt job som personalechef i et stort firma med de evner, hun havde.

Den næste dag inden mødet var jeg lige ved at tisse i bukserne; men det gik. Mødet var yderst behageligt, jeg fik lidt slik fra en stor krukke, der stod på det massive skrivebord, det dulmede nerverne.

Uden at jeg fik sagt noget, sagde pastor Finnerup til mig: "Din mor er ked af, at du ikke vil konfirmeres; på en eller anden måde, kan jeg godt forstå dig, for det er meget at forholde sig til." Jeg havde tænkt meget over, hvad jeg skulle sige, så jeg sagde næsten på voksen sprog: "Jeg har svært ved at bekræfte noget, jeg ikke kan stå inde for." Så sagde han til mig: "Måske du med tiden kommer til at tro på sammenhængen, og hvis du ikke gør det, kan du altid hoppe fra." Jeg nåede ikke at kommentere det, før han fortsatte: "Og du har nået en alder, hvor du trænger til, at der bliver holdt en fest for dig, så du kan få nogle gaver!"

Det blev en stiltiende overenskomst med håndtryk, så jeg lod mig senere konfirmere. Ved eftertanke må jeg erkende, at den korte samtale på hans bastante kontor betød meget mere for mig end religionstimerne i mange års skolegang havde betydet. Jeg havde fået bragt min tro ned på et plan, som jeg kunne acceptere.

Pastor Finnerup var et dejligt unikt, universelt menneske. Han besøgte os flere gange i vores hjem og fulgte i det skjulte op på mine tros problemer.

Da min far forærede ham en dokumentmappe, kom han et par dage efter med cowboy knaldromaner til drengene, hvilket min mor syntes var næsten i overkanten - en præst med cowboy knaldromaner til drengene?!

Ungdommen

I gymnasiet havde vi en blanding af religion og religionshistorie - det var gode timer med en rimelig objektiv undervisning.

Vi havde en gammel præst, pastor Vad fra Røsnæs kirke sogn. Han var et meget sammensat menneske, meget altfavnende med en kæmpe forstand på mangt og meget både inden for religionen og alt muligt andet. Hans temperament måtte man så sandelig ikke tage fejl af. Til trods for at han var alvidende om alverdens religioner og underviste i dem, måtte man ikke sige noget uden for dagsordenen om kristendommen.

Det havde jeg selvfølgelig luret, så jeg bragte mange af mine tvivlsspørgsmål på bane.

I begyndelsen var det en behagelig, saglig dialog, som dog desværre udviklede sig.

Det endte med, at jeg fik sagt noget, kom for nær, så han stod og hoppede og blev både rød og blå i hovedet og hev efter vejret; jeg selv og alle mine klassekammerater blev bange, så jeg lovede ikke at provokere ham yderligere.

Det blev desværre til mange år, hvor vi ikke talte sammen, ham og jeg, indtil den dag hvor jeg stod på Røsnæs kirkegård og betragtede vores familie grav, hvor mine to koner og mit første lille barnebarn ligger begravet. Pastor Vad stod som en meget gammel mand pludselig ved min side; han havde besøgt sin kones grav; vi snakkede om tiden, der var gået og vores kære, som var gået bort, mens den dalende sommersol lyste på os; vi trykkede hånd; vi var forsonende.

Det var helt klart pastor Vad, der åbnede døren til alverdens religioner for mig. Han indviede mig i dem og vakte dermed min nysgerrighed efter mere viden.

Både før og efter studentereksamen læste jeg det, jeg kunne finde om religioner. Noget af det jeg læste, følte jeg, var letlæseligt og forståeligt andet var svært at fordøje.

Jeg faldt på et tidspunkt over en secondhand bog om Buddha, hans fødsel og liv. Det var en fantastisk bog, som jeg tidligere har nævnt i mine skriverier. Jeg har den desværre ikke mere, da jeg byttede den til en bog om Konfutses lære, så jeg kan ikke fortælle hvem, der har skrevet den; men jeg mindes, at den var oversat fra engelsk.

Da jeg som maskinmester aspirant gik på Holbæk tekniske skole i en periode, og vi havde en gammel maskiningeniør til et fag, jeg ikke længere husker, hvad hed; men som blandt andet omhandlende religion, påstod denne lærer, at kristendommen var den eneste religion, hvori næstekærligheden fandtes. Jeg opponerede straks mod dette og fortalte lidt fra bogen om buddhismen. Han blev så begejstret for mine påstande, at jeg blev tilsagt til at fortælle om buddhismen i den næste undervisningstime. Det blev min første undervisning udi religionshistorie, og det gik forbavsende godt.

Jeg sammenlignede allerede dengang for egen regning, lighederne i Buddhas fødsel og senere perioder med disciple, med Jesus fødsel og liv til trods for, at der også var uligheder. Jeg anså og anser derfor de tre vise mænd fra Østerland som karavane førere og formidlere af Buddhas lære, som så skiftede karakter og blev til Juleevangeliet.

Jeg granskede Biblen specielt de gamle testamentariske skrifter; det nye testamente havde jeg jo læst, da jeg "gik til præst." Jeg læste de sparsomme oversættelser af Koranen, jeg kunne finde.

Bogen, jeg byttede til, om Konfutses lære, havde svært ved at fængsle mig. Den blev læst; men jeg husker ikke så meget af den.

Da jeg læste om hinduismen, var det en helt anden verden, jeg kom til, jeg havde og har stadigvæk svært ved at forstå den.

Zarathustra gik heller ikke mine øjne forbi. Jeg læste om Zarathustra, som jeg opfatter som en slags forløber for Abrahams/Ibrahims grundlæggende religion med kun én gud, og det at forstå forskellen mellem det gode og det onde. Måske endda en forløber for de ti bud?!

Da jeg havde studeret "de hellige skrifter," var jeg klar til at se og mærke verdens religioner på min egen krop.

Jeg spekulerede derfor som en gal på, hvordan det skulle lykkes mig at opleve verden med dens religioner på egen hånd. Hvordan og hvornår ville jeg få muligheden for at besøge de hellige steder, fornemme atmosfæren og menneskene.

Det havde jeg nu ikke behøvet at gøre, det gik næsten af sig selv. Jeg stak til søs!

Mine strejftogter rundt om i verden.

I min sejltid besøgte jeg flere buddhistiske templer og pagoder i Thailand og Japan. Jeg så enorme statuer og billeder af Buddha. Jeg så røgelsespindene i brug, jeg var i de private hjem, hvor jeg så små altre til Buddhas ære og overværede mine venners samtaler/bønner med og til Buddha, så jeg fik virkelig dækket meget af min videbegærlighed omkring Buddha.

Jeg strandede på et tidspunkt i Australien i Melbourne, hvor jeg fik et midlertidigt job som gartner og vagtmester hos den svenske sømandspræst. Han var en meget regulær og venlig mand, der selvom han virkede frigjort, holdt sig til ritualerne, morgenbøn, formiddags andagt, bordbøn til middag, bordbøn til aftensmaden og aftenbøn. Han så gerne, at jeg deltog i de fleste af disse bønner, så det måtte jeg gøre, selvom jeg inde i mig selv rettede min bøn mod selveste Gud. Det strejfede mine tanker, at det var fem gange bøn i døgnet, præcis som hos muslimerne.

Da jeg var gået i land, gjorde jeg efterfølgende en del rejser til de Nordlige Sporader i Grækenland.

Mit yndlingssted var den lille ø Alonissos, hvor jeg boede i Fantasy og Stellas pensionat flere gange.

Jeg var en del sammen med Fantasy, en ældre, lille adræt mand, der klarede øens strabadser uden problemer. Vi besøgte sammen øens græske ortodokse kirke, hvor jeg så det sparsomme inventar og fik forklaret om gudstjenesten. Da jeg så kirkens helgenbilleder, begyndte jeg at tænke over, hvordan det med helgener fungerede.

Jeg besøgte katolske kirker i Spanien og senere i Frankrig og iagttog igen helgenbillederne.

Da jeg stod på ski i Østrig langt oppe i en bjergdal; jeg tror, at den hed Vendertal, oplevede jeg en katolsk aftengudstjeneste med røgelseskar, røgelsespinde, messedrenge og alskens tingeltangel.

På senere rejser i Polen, brugte jeg en del tid på at granske hele helgen systemet i flere kirker og blev efterhånden klart over, at katolikker beder til den helgen, som har med deres ønske/bøn at gøre eller også beder de til Jomfru Maria. Både den pågældende helgen og Jomfru Maria går så i forbøn hos Jesus, som så går i forbøn hos Gud, et ganske indviklet system.

Jeg vidste på det tidspunkt allerede en del om Islam og vidste at bønnen, man beder, bliver rettet direkte til til Gud. Så en mærkelig tanke strejfede mig: Kunne det virkelig være sådan, at Islam og den reformerte kirke havde mere til fælles, end den reformerte kirke har med de katolske kirker - ortodokse og romersk katolske?

Jeg har fremsat udsagnet et par gange, når jeg har anset, at dem jeg har diskuteret med, har kunnet tåle at høre det.

Jeg fik en god ven Ismail på en af mine snorkelture til Egypten. Han kom fra Egyptens smukkeste by, påstod han. Byen hedder Ismailia og ligger næsten ved Suez Kanalens midte; jeg har kigget over på den, da jeg passerede kanalen med et skib og er ikke utilbørlig til at give ham ret.

Denne Ismail solgte blandt andet bøger. Han var i virkeligheden årsagen til, at jeg fik en god oversættelse af Koranen fra arabisk til engelsk. Jeg købte desuden flere islamiske skrifter af ham oversat til engelsk.

På en senere rejste besøgte jeg den store moske i Cairo sammen med min daværende kone Runa og noterede mig en del fra denne moske.

Jeg havde i forvejen flere år inden besøgt moskeen i Mostar i det daværende Jugoslavien, så jeg vidste lidt om moskeer inden besøget i Cairo.

Den store nye moske i København har jeg også besøgt. Men det vender vi tilbage til.

Jeg har også senere besøgt moskeer i Marokko.

På et af mine strejftogter i verden havnede jeg sammen med min daværende kone Runa og mine venner Lisbeth og John oppe i bjergene i en Chiapas landsby i Mexico, hvor Maya indianerne holdt til. Inde i kirken var der halm på gulvet, og der blev ofret haner til messesang - en fantastisk blanding af deres oprindelige religion og den katolske tro.

I Marokko har jeg ligeledes i "Berberland" oplevet en sammenblanding af Islam og den oprindelige religion. Den syge sad på en stol, mens der blev brændt specielle "trylle urter" af tæt på personen, alt imens familiens vise mand bad muslimske bønner.

Mine strejftogter, har gjort store indtryk på mig, og har bidraget til at belyse religionshistoriens mysterier måske ikke helt ned i detaljerne; men bidraget til et ganske udmærket overblik.

Rundrejse i verden

Når man i verden rejser rundt
er det ganske sundt,

andre menneskers liv at studere
kultur og religion med meget mere.

Så på mine togter i Østen,
blev jeg virkelig lysten,

og så pagoder og templer så smukke
fra civilisationens vugge.

Ortodokse, katolske og reformerte kirker blev
besøgt
og jeg var henrykt.

Jeg fattede som med et trylleslag
religionernes sus og vingeslag.

I moskeen i Mostar
havde jeg et dårligt ben og savnede min far.

Jeg havde fået så meget medicin,
at det føltes som om, jeg havde drukket vin.

Så jeg faldt i søvn på et tæppe
og drømte: "Du vågner næppe!"

Da jeg vågnede op,
måtte jeg sige: "Stop!"

Den næste moske jeg i Cairo så,
var smuk som få!

Med et gyldent tag,
og smukke tagplader lag på lag.

Da jeg kom hjem,
var min verden ikke nem,

for jeg skulle fra mine rejser alt fordøje
og tænke på vor Gud i det høje.

Jeg prøvede med åbent sind,
at forstå den åndelige vind.

Jeg har derfor higet efter systematisk at være,
specielt med hensyn til alt det svære.

Hvad er tro, hvad er kultur,
hvad er fordom; jeg følte mig som i et bur.

Så at fordøje det hele tog tid,
selvom jeg har arbejdet med så meget flid.

Sammendrag

Jeg må tilstå, at det, der fangede mig mest og stadig fanger mig er Abrahams/Ibrahims gamle religion, den grundlæggende religion for jødedommen, kristendommen og islam.

Jeg satte mig derfor på et tidligt tidspunkt det specifikke mål at forske yderligere i kristendommen og islam på grund af, at Jesus er en central figur i begge disse religioner.

Jeg tænkte, at jeg på den måde forhåbentlig havde en god mulighed for at få belyst min barndoms tros problemer, der ikke var blevet mindre med tiden.

Da jeg kendte kristendommen temmelig godt; men manglede oplysninger om islam, begyndte jeg derfor, at nærlæse den nyeste danske oversættelse af Koranen. Jeg vidste fra mine tidligere studier, at Gud/Allah er den eneste, man skal stå til regnskab for på dommens dag; der er kun én, der kan bidrage til at blive frelst, og det er én selv!

Jeg genlæste, at Gud/Allah er den nådige, den barmhjertige; jeg repeterede islams fem søjler: Trosbekendelsen, bønnen, Ramadan (fasten), almissen og pilgrimsrejsen. De ti bud var der ikke meget forskel på. De fem store profeter kendte jeg også: Noah, Abraham/Ibrahim, Moses, Jesus/Eisa der er kærlighedens profet og Mohamed grundlæggeren af Islam.

Profeten Abraham/Ibrahim, vores fælles gamle stamfar med sønnen Isak, havde jeg allerede et stort kendskab til. Isak var den søn, som Abraham alligevel ikke skulle ofre til Gud. Gud havde prøvet Abrahams tro/trofasthed, og Abraham havde bestået, så Abraham blev i stedet befalet at ofre en af sine væddere.

Jeg læste også om, hvordan Abraham havde tacklet hele sagen med afguderne. Det var Abraham, der fortalte os, både muslimer, kristne og jøder, at der kun er én Gud - én sand Gud.

Jeg konstaterede, at Jesus har en særdeles høj position i islam, som kærlighedens profet med en evne til at gøre mirakler. Det er der mange, som ikke er klar over, ligesom de heller ikke ved, at Jomfru Maria/Mariam også har en ganske høj position som mor til Jesus/Eisa. I øvrigt, hvis jeg husker rigtigt, kom ærkeenglen til Jomfru Maria/ Mariam ni måneder før Jesu fødsel og bebudede hende, at hun som uberørt skulle føde Jesus. Hun fødte ganske rigtigt Jesus/Eisa ni måneder efter siddende op af en palme.

Da jeg havde gransket denne nye udgave af

Koranen, vidste jeg, hvad jeg allerede havde anet, at forskellen i religionerne først og fremmest er synet på Jesus. I kristendommen er Jesus Guds søn, denne verdens Frelser, mens han i islam, som lige nævnt er en af de største profeter, kærlighedens profet.

Forskellen betyder, at Jesus på dommens dag, hjælper dig med frelsen, hvis du er kristen. Hvis du tilhører islam, må du sørge for at opføre dig ordentligt livet igennem, for kun din rettroende levevis kan frelse dig på dommens dag, som lige skrevet, når Gud/Allah dømmer.

Så min foreløbige konklusion må blive, at de to religioner grundlæggende er utrolig ens, den store forskel er synet på Jesus, som i kristendommen er Guds søn og Frelseren, mens Jesus i islam er en af de fem store profeter - kærlighedens profet

Selvfølgelig er der forskelle i måden religionerne udøves på. I islam er programmet for bønnen stramt med bøn på præcise tidspunkter af døgnet, fem gange i døgnet, mens bønnen i kristendommen foregår efter et mere løst mønster.

Min oplevelse hos sømandspræsten i Melbourne, hvor der også blev bedt fem gange i døgnet er sikkert ikke generelt for kristendommen længere.

I kristendommen udøves bønnen mere stilfærdigt, mens den i islam samtidig er en gymnastisk øvelse.

Den afholdelse af gudstjenesten/bøn i de kristne kirker rundt om i verden, jeg har oplevet, har været meget forskellig. Mine besøg i moskeer, har også givet mig et indtryk af, at prædiken/bønnen i moskeen er forskellige alt efter, hvilken "slags islam" det drejer sig om, og hvor i verden det var; selvom det har været svært for mig at vurdere på grund af et sprog, der har været fremmede for mig.

Klædedragten er et kapitel for sig, som består af mindst fem faktorer: Den religiøse, den kulturelle, den praktiske, den provokerende og den, der er på mode. Fordelingen af faktorerne er forskellig alt efter hvor man befinder sig.

Tro ikke kun, at klædedragten er karakteristisk for muslimer - kristne har også deres karakteristika, med måske mode-faktoren som den overvejende. Jeg er dog overhovedet ikke i tvivl om, at disse karakteristika næsten desværre vil forsvinde med tiden i en verden, der bliver mindre og mindre. Vi går hen og bliver alt for ens. Når jeg allerede nu ser mig omkring i mit andet hjemland Sverige, er der næsten kun de muslimske kvinders udskældte tørklæde tilbage, resten er cowboybukser eller andre modevarer.

De reklamer jeg ser på internettet for muslimsk tøj og klædninger, betragter jeg som noget vrøvl. I sagens natur er det dem, der bor i Mellemøsten og Nordafrika, der går mest med dette tøj, da det er de praktiske klædninger i dette område. Det gælder også tørklædet og yderligere tildækning, som først og fremmest beskytter mod solen og sandstorme; men som også benyttes af kvinder, der vil gemme sig; det er rart med et tørklæde for munden, hvis man mangler de halve af tænderne og er på vej til tandlægen, eller hvis man vil skjule sin identitet, når man handler på markedet.

Det er også værd at bemærke, at historisk set blev disse klædningsstykker brugt lang tid før Mohamed grundlagde islam.

Du skal for eksempel være skarpsindig for at se forskel på ortodokse kristne og muslimer, hvor konservative kvinder i begge religioner bærer lange kjortel lignende kjoler og tørklæder med kun meget lidt forskel.

Lovgivningen bliver også diskuteret meget. Da islams, Koranens Sharia lovgivning kom til verden var den nytænkning i allerhøjeste grad, og var sammen med islam og Koranen grundlaget for et "moderne" samfund på præcis samme måde som kristen tankegang/lovgivning dannede rammen for et andet "moderne" samfund.

Begge disse grundlæggende lovgivninger har eksisteret i rigtig mange år. Den kristne lovgivning er ændret flere gange og den muslimske lovgivning vil helt sikkert også blive tilrettet vores nuværende verden. Jeg er slet ikke i tvivl om denne påstand, når jeg betragter den nuværende marokkanske lovgivning.

Min påstand - endnu engang - er derfor, at det i virkeligheden er flovt for os mennesker, der har det samme religiøse mål eller måske bedre udtrykt parallelle religiøse mål, at vi ikke kan leve sammen i den fred, vi begge higer efter og se bort fra divergenserne. Det religiøse ønske i begge religioner er at leve et liv med bøn, trosbekendelse, hjælp til dem som kun har lidt eller ingenting - almisse, social lov, besøg på vores hellige steder - pilgrimsrejse og faste for at forstå, hvordan det er at have få af livets fornødenheder. Vi er og bliver en flok pernittengrynere med de samme overordnede mål; men jeg må erkende med forskellig kultur og forskellig levevis og et forskelligt historisk stade, som uden tvivl er i gang med at blive udlignet; det er der slet ingen tvivl om, se bare ud i verden; se hvad der sker i mange af verdens lande i dag - regelmæssig skolegang - sociale foranstaltninger - mulighed for lægebehandling-uddannelsesmuligheder - udvidelser af infrastruktur - ja jeg kunne blive ved; men det er der ingen grund til.

Ateisterne der står på sidelinjen og kommenterer religionerne, har ikke fattet en brik af det hele - religionen er et værktøj til et godt og harmonisk liv; religionen er et værktøj til at få fred i sindet; religion er et værktøj mod stress og jag; religionen er fredens værktøj.

Hvis I kan acceptere koncentratet af dette, at de grundlæggende elementer i kristendommen og islam ikke afviger meget fra hinanden, er det rablende sindssygt, at specielt disse to religioner gennem tiden har bekæmpet hinanden med strid og vold og svært et hinanden til.

Hvorfor er det altid de få forskelligheder, der kommer op til overfladen? Hvorfor fokuserer ingen på lighederne?

Hvis vi kunne vende vores indre system om, således at vi fokuserede på lighederne og minimerede ulighederne, ville meget være nået.

Alle verdens krigsgale, egoistiske tyranner, som misbruger religionerne til krig og ufred ville få en lang næse.

Vi ville opnå en meget større tro og tillid til hinanden; en tro og tillid som vi i allerhøjeste grad behøver i den globale verden i dag.

Det er paradoksalt

Det er paradoksalt
og ganske katastrofalt,

at to religioner i familie med hinanden
er gået fra forstanden

og strides om noget, som ingen ved;
selvom de tror, at de ved besked.

Så læg dog striden på hylden
og skær hul på bylden

så de betændte masser kan komme ud
på hurtigt bud.

Accepter hinandens forskelle, så små
Så bliver livet meget lettere at forstå.

Jeg er sikker på at Gud/Allah vil blive glad,
hvis vi allesammen undgår det had.

Så om vi beder til Jesus eller Gud
betyder mindre, bare vi overholder
deres bud.

Der er hverken plads eller tid
til yderligere strid!

Forsoningen må danne rammen
for et liv i fred – amen!

Tankerne og indholdet i verset er ikke nye, jeg har haft dem i mange år; men har været ude af stand til at formidle dem på grund af en manglende formidlingstjeneste.

Det var først, da jeg havde skrevet bogen om min oldefar, der skiftede identitet, at jeg fik øjnene op for, hvordan man kan udgive en bog som selvudgiver, endda forbavsende let. Så da jeg havde udgivet bogen om oldefar, der i øvrigt hedder 'Skrinets hemmelighed,' fik jeg blod på tanden og skrev om alt det, jeg havde gået og samlet sammen i mit hoved gennem alle årene. Det er foreløbig blevet til ni bøger.

Mit videre liv - hændelser og meninger

Hver gang jeg kom til en kirkelig handling eller var tvunget til at deltage i en gudstjeneste, bad jeg samme bøn til Gud. Jeg bad om tilgivelse for min manglende tro på, at Jesus er hans søn og håbede alligevel på Guds nåde og barmhjertighed. Det blev til en rituel vane, at jeg ganske automatisk bad denne bøn, når jeg kom ind i kirken.

Jeg tænker tit tilbage på, da jeg skulle giftes første gang, hvor jeg stærkt overvejede, at foreslå, at vi blev borgerligt viet; men aldrig fik taget mig sammen til det på grund af min kommende kone Lisbeths store glæde, når hun tænkte på, at hun skulle stå hvid brud i selveste Vor Frue Kirke i Kalundborg. Så inden vielsen, blev ritualet gennemført endnu engang. Jeg følte mig som en praktisk forræder.

Mine første to koner tænkte ikke meget over forskellen på Jesus og Gud, de mente som min mor, at det var den samme, så jeg opgav helt at snakke om det. Børnene tænkte heller ikke over det; jeg havde derfor ikke mod på at missionere.

Det var først, da børnene skulle konfirmeres, jeg

igen begyndte at tænke på, at bringe spørgsmålet på banen. Hvad skulle jeg gøre, hvad skulle jeg sige? Det var svært i mere end en forstand. Jeg havde min gamle far, som aldrig var blevet informeret om min religiøse afvigelse, at tage hensyn til. Jeg så mine børns begejstring - nu skulle de snart konfirmeres sammen med deres kammerater, og der skulle holdes en fest for dem langt større end de fødselsdagsfester, de havde oplevet, det ville blive en fest med gaver i overflod. Jeg holdt igen min mund, jeg ville ikke konfrontere dem med mine religiøse synspunkter, jeg ville ikke såre dem.

Da min første kone Lisbeth døde kun 36 år gammel, var begravelsen svær i mere end en forstand. Jeg, der følte mig som en fremmed i kirken, blev trøstet af en præst, selvom jeg var forræder.

Da jeg skulle giftes anden gang med Runa, nåede jeg aldrig at få sagt eller gjort noget, det hele var arrangeret for mig, så Grethe Bülow, præsten på Røsnæs viede os i Røsnæs kirke, og jeg bad igen min sædvanlige bøn "bag kulissen."

Grethe Bülow var en speciel, men venlig dame, som jeg gennem årene har haft flere religiøse samtaler med blandt andet om Jesus som Guds søn.

Alle familiens efterfølgende kirkelige handlinger var en gentagelse af nævnte, hver gang med min skjulte bøn.

Årene gik og jeg blev alene endnu engang knapt 66 år gammel. Jeg var virkelig alene, børnene var alle for længst fløjet fra reden og boede i Danmark, mens jeg boede i Sverige. Min kone Runa blev begravet fra en svensk kirke af en gammel svensk præsteven og senere bisat i vores familiegrav på Røsnæs ved Kalundborg.

Ensomheden plagede mig; men heldigvis fandt jeg det gamle kort, som beskrevet i min bog: 'Det gamle kort.' Jeg sporede efter meget besvær kortet til Marokko, hvorefter det lykkedes mig på besynderlig vis at komme til Marokko sammen med nogle svenske kunstnere, der ville lære mig mere, end det jeg kunne, om akvarelmaling, i virkeligheden var det to fluer med et smæk.

I Marokko fandt jeg i 2012 stedet, som kortet angav nær ørkenbyen Ouarzazate på en leret bjergside. Selvom jeg havde min lille spejder spade med i rygsækken, havde jeg ingen mulighed for at grave, da jeg var omringet af mennesker. Det måtte vente til nogle år senere, hvor det lykkedes for mig at foretage en ny ekspedition til området.

Med ørken leret mellem fingrene gravede jeg "skatten" op - men meget mere om dette i bogen 'Det gamle kort.'

Når jeg ikke fartede rundt i Marokko, opholdt jeg mig i surfer byen Tamraght, hvor jeg boede i en lejlighed nær den nye, store moske højt hævet over

Atlanterhavet.

Jeg tog hver dag turen ned til havet enten på gåben eller på cykel. Det var ikke hver gang, jeg passerede den franske nabos hus, men det var ganske ofte, at der stod en lille berber kokkepige og vinkede til mig og råbte: "Bonjour!"

For det gøre historien kort gik det hverken værre eller bedre, end at kokkepigen, Jamila og jeg besluttede os for at blive gift i oktober 2014.

Inden dette ægteskab tænkte jeg utrolig meget på min tro med så meget tilfælles med islam, så jeg kontaktede den dengang helt nye, store moske i København, hvor jeg havde en lang samtale med Urfan Ahmed, talsperson for Dansk Muslimsk Union samt to bisiddere.

Jeg forklarede, som jeg allerede har forklaret jer, hvordan mit liv var forløbet med min manglende tro på, at Jesus er Guds søn og Frelseren. Da han og bisidderne forstod min viden om om islam, blev de meget forbavsede - det havde de ikke regnet med.

Det endte med, at jeg kom to gange mere, hvor vi talte tingene igennem. Så den efterfølgende torsdag bekræftede jeg min tro over for forsamlingen i moskeen og en imam.

Jeg har derfor aldrig på nogen måde følt mig som konvertit; men følt mig som et menneske, der bekræftede sit religiøse tilhørssted.

På mine gamle dage har jeg taget to selvbestaltede opgaver på mig. Til trods for at jeg ved, at det er uopnåeligt, er et af mine største ønsker, at kunne modernisere islam indefra. Jeg har en lang række af synspunkter, som jeg føler, at jeg kan bidrage med, så jeg agter at fortsætte min gerning ud fra ordsproget, at de mange bække små bliver til den store å, i håb om, at flere vil følge i mit fodspor.

Den anden opgave, jeg har sat mig for, er at harmonisere islam og kristendommen i en fælles forståelse; men meget mere herom om et øjeblik.

Som en indskudt bemærkning; er jeg, som nævnt, ikke en officiel person; jeg kan ikke bare stille mig op og prædike mine synspunkter; men må igen ty til skriften - sociale opslag - nyhedsmedier og bøger, så det er min hensigt, at "missionere" på denne måde.

Men tilbage til moderniseringen af islam.

Når jeg taler med min ven Ahmed, spørger han, om jeg stadig beder, hvilket jeg føler mærkeligt, for jeg har bedt hele mit liv og agter at gøre det til den dag, jeg ikke kan mere. Jeg tænker i mit stille sind: "Jeg var muslim lang tid før du blev født og havde også læst Koranen, inden du kunne læse!" Men jeg har ikke sagt noget endnu, og siger det måske aldrig.

Jeg skal lære at læse Koranen og bede på arabisk, mener han. Denne gang forklarer jeg ham klart og tydeligt, at Gud/Allah forstår alle sprog, så det er meget bedre, at jeg beder på dansk, hvor jeg kan udtrykke mig præcist og følelsesmæssigt. Det forholder sig på samme måde med Koranen, hvor der findes prægtige oversættelser i dag, så min forståelse på den måde bliver langt bedre, end hvis jeg læste den på arabisk, jeg ville aldrig i mit liv kunne opnå en bedre forståelse af Koranen, end den jeg gør ved hjælp af den udmærkede, danske oversættelse, jeg er i besiddelse af. Det samme ville i øvrigt gælde for ham selv, der er berber og har tamazigh som modersmål (berbersprog milevidt fra arabisk) og dahia (blanding af arabisk, tamazigh og fransk med et drys af spansk) som andet sprog. Hvis han kunne få en lige så god oversættelse på et af disse sprog, ville hans Koran forståelse blive meget bedre.

Jeg forklarer ham også om de muslimer, jeg møder ude i den store verden, som ikke læser eller forstår arabisk. Når jeg snakker med dem, fortæller de mig, at de læser Koranen på deres lokalsprog, og at deres imam prædiker på deres lokalsprog. De sidste jeg "forhørte" var turister fra Indonesien, jeg mødte på en busstationen i Amsterdam. De fortalte åbent, at de læste Koranen på deres lokalsprog samt at deres imam prædikede på samme sprog, så i landet Indonesien, der har verdens største mængde af muslimer, er man kommet langt. Det er også, hvad jeg i forvejen erfarer; det er kun i de i de arabisk talende og tilstødende lande, at man kan tillade sig at være konservative. Den kristne kirke, i hvert fald den reformerte er generelt kommet længere, der prædikes ikke mere på uforståeligt latin og testamenterne er på lokalsprog.

Min anden selvbestaltede opgave.

Da det endvidere er islam og kristendommen jeg kender mest til, har jeg et lige så stort ønske om, at kunne harmonisere begge religioner på en positiv måde, så det enkelte menneske kommer til at føle en samforståelse. Det er i virkeligheden fuldstændig tåbeligt at denne verdens to store religioner, der ligger så tæt op ad hinanden bekæmper hinanden og strides om nogle i virkeligheden banale ting, som bliver udnyttet og gennem historien er blevet udnyttet af sorte kræfter på hver sin side, der ser deres fordel, i at disse to religioner er i strid med hinanden; se bare hvordan disse kræfter gejler befolkningen op til strid præcis lige nu. Det må være slut, det er på tide, at det enkelte individ bliver klogere og at nogle fortæller, hvordan tingene hænger sammen. Hele Det Gamle Testamente er det samme med vores fælles religionsstifter Abraham som religionsstifteren.

Så jeg vil slå det endeligt fast, at min hensigt - min konklusion er, at selvom jeg regelmæssigt læser arabisk - korrekt arabisk, har jeg, som den gamle provokatør, jeg er, ikke tænkt mig at bede på arabisk. De udmærkede tekster, jeg har på dansk, er rigtig gode Koranoversættelser, som jeg endda også kan høre med en ypperlig dansk stemme. Jeg mener klart, at det for mig som dansker, er bagvendt, at begynde at lære de arabiske skrifttegn og lære det arabiske sprog for at være en god, troende muslim. Jeg er da også sikker på at den gode Gud/Allah samtykker i dette. - Som jeg har sagt flere gange og bliver ved med at sige, forstår Gud alle sprog og har givet de ypperlige oversættere prægtige værktøjer "i hånden!"

Jeg er også træt af at mange muslimer, der tror, at islam kun er til for dem og kun kan kommenteres af dem. Det anser jeg for noget vrøvl.

Islam er som en af verdens største religioner for alle, der tror på Gud/Allah, uden nogen form for hierarki, vi er alle lige, hvad enten vi er arabere, indonesere, malaysiere, asiater, danskere eller noget helt andet; og har i den forbindelse retten til at ytre os om vores tro.

Jeg kan godt blive sur på de hellige individer, både i islam og i kristendommen, der tror, at det er nok at bede og forstå kommaerne i teksterne og åndeligt irettesætter os andre, for det er min klare mening, at det er helheden, der tæller, specielt de ti bud og islams fem søjler.

Det er klart at bønnen betyder meget, det afviser jeg overhovedet ikke; men den korrekte oprindelige overholdelse af alt det øvrige i religionerne betyder mindst lige så meget.

Så lad mig bringe mit synspunkt på Ramadanen/ fasten, specielt gældende for islam, da fasten desværre for længst er reduceret til en rudiment i kristendommen.

Ramadanen/fasten kom til verden for at vi mennesker skulle føle med de fattige, der ikke regelmæssigt får mad og drikke - vi skulle føle på egen krop, hvordan det er at være uden mad og drikke en hel lang dag for derefter at spise et sparsomt måltid ved natte tide. Og hvad hændte så? Det sparsomme natlige måltid blev til en natlig fest! Jeg er helt sikker på, at det aldrig har været Gud/Allahs mening, at denne natlige fest skulle afholdes, så jeg deltager ikke i de natlige festligheder; jeg indtager kun mit sparsomme måltid om natten.

Jeg ytrer mig videre, igen specielt om islam. Jeg repeterer lige for at I husker det islams fem søjler - trosbekendelsen, bønnen, ramadan, almissen og pilgrimsrejsen. Bønnen og Ramadanen er kommenteret, så vi er ved almissen. Vi skal så sandelig også tænke på de fattige og give dem en skærv. I mange samfund foregår det direkte og i andre samfund gennem de skatter, vi betaler og gennem velgørenhed; jeg ser desværre dagligt, at mange, der kalder sig rettroende muslimer glemmer denne søjle.

Trosbekendelsen er vigtig! Vi skal regelmæssigt repetere trosbekendelsen og give os tid til at tænke over indholdet i det, vi repeterer.

Pilgrimsrejsen har flere formål - ud for at se hvordan andre lever, så vi kan blive mere tolerante over for vores medmennesker og besøg på de hellige steder, så vi på den måde får et minde for livet. Vi skal derfor så vidt det er muligt aflægge Mekka et besøg mindst en gang i vores liv. Jeg har ikke gjort det endnu; men ser frem til det. Sidste gang jeg ville besøge Saudi Arabien, fik jeg et gevær stukket i ryggen; men det er en helt anden historie fra min bog 'Stjernestøv i blodet.'

Jeg har skrevet et par små vers om mit møde med de indonesiske turister, jeg mødte i Amsterdam, som I får her.

Mødet med indonesiske turister

På en efterårsaften i Amsterdam,
der føltes lidt klam,

mødte jeg to kvinder og en mand
fra Indonesiens land.

Vi snakkede om religion
i deres region.

De havde i Indonesien så mange sprog,
så flere stod ikke i den store bog.

De arabisk ej forstod,
Selvom deres religion, der var islam så god,

Den blev forkyndt på deres eget sprog
i hver en krog.

De følte det ikke galt,
at Koranen blev læst på sproget lokalt.

Imamen i moskeen prædikede og bad sin bøn,
der var så skøn

med samme lokale accent
og sproglige klang.

Nu kendte jeg den besked,
som ikke mange ved.

En meddelelse så rar at vide,
og jeg tror, at man kan på den lide.

God levevis.

Den gode levevis er en balance gang mellem psyken og fysikken.

Psykisk balance er et liv i fred og harmoni med sig selv, sine nærmeste og sine medmennesker. Jeg siger ikke, at dette kun kan opnås gennem tro - kristendom, islam eller andre religioner; men religionen er uden tvivl et godt hjælpemiddel.

Den fysiske balance - et liv i sundhed beskrives allerede i Det Gamle Testamente, hvor der blandt andet står, at man ikke må spise seksbenede skabninger, det vil i praksis sige insekter og deslige.

Islam/Koranen gør også meget ud af sundhed. Det er ikke for sjov, at grisen er forbudt at spise, den var fuld af trikiner og "andet godt"på grund af dens levevis. Islams alkohol forbud kom i virkeligheden til med tiden på grund af, at folk ikke "kunne styre deres brandert!" Dette medførte et alkoholforbud på præcis samme måde, som da svenskerne indså problemet i forrige århundrede og indførte Systembolaget i håb om en bedre alkohol kultur i Sverige.

Jeg har tidligere nævnt bønnen i islam, som en gymnastiks øvelse, og det står jeg ved, for selvom bønnen primært er er værktøj til en god psyke er udøvelsen af den samtidig god for bevægelses apparatet, og når så dette tilmed udføres fem gange i døgnet, bliver virkningen formidabel.

Allerede inden jeg blev halvtreds år måtte jeg sige farvel til smøgerne; jeg har snart fortalt historien om, hvordan det gik til så mange gange; men en enkelt gang mere i den gode sags tjeneste, skader vel ikke.

Jeg havde knuder på mit stemmebånd og blev opereret, af en overlæge af den gamle type. Da han havde stuegang efter operationen, sagde han: "De skal ikke være så glad, det var hårdt at skære i!" Jeg røg selvfølgelig "ned i kælderen;" det var en barsk besked at få.

Jeg blev hjemsendt om onsdagen, dagen efter, og skulle ringe torsdag for at få besked. Der var ingen besked om torsdagen; men om fredagen fik jeg at vide, at det var en godartet lidelse.

Da jeg var til samtale med overlægen den efterfølgende tirsdag, spurgte jeg ham, om han altid sagde sådan til sine patienter. "Ja, når jeg mener, der er belæg for det," svarede han og fortsatte: "Hvis De vil undgå yderligere skader inklusiv cancer, skal De holde op med at ryge." Bum - basta!

Selvfølgelig var jeg indforstået med dette og holdt op, indtil en dag, hvor jeg var lidt svag og tænkte, at en enkelt smøg ikke kunne skade. Så efterfølgende blev det til lidt tobak igen.

Da jeg efter nogle måneder var til kontrol hos den lokale øre, næse og hals læge i Kalundborg for at blive tjekket, kiggede han på mig og konstaterede, at jeg var begyndt at ryge igen. Idet jeg nikkede, mærkede jeg et kraftigt stød på min skulder og havnede ovre i den ene krog. Jeg nåede ikke at sige noget, før han sagde: "Næste gang er det ikke mig der rammer dig! Det er canceren! Så stop!" Jeg tog den til mig og har ikke røget siden. Stort tak til Steen Jørgensen!

Koranen har ikke forbud mod rygning; men flere imamer advarer om faren og anser det som forbudt.

Godt ti år senere lige inden jeg fyldte tres år, fik jeg konstateret en defekt på spiserøret. Ved første undersøgelse på Kalundborg Sygehus, var lægen igen rimelig sikker på, at det var cancer i bedste fald celleforandring. Men heldigvis kunne man igen ikke finde nogle cancer celler og ej heller celleforandringer, så jeg endte på Rigshospitalet i København til en omfattende undersøgelse, hvor konklusionen var, at jeg havde forbrændinger og ætsninger i en brok i spiserøret - taknemmelig var jeg.

Da jeg var til den afsluttende samtale med en lidt buttet, næsten smuk kvindelig overlæge, sidst i fyrrerne, sagde hun til mig: "Det ville være rigtig godt for dig, hvis du kunne holde op med at drikke skarpt alkohol, som snaps, whisky og den slags!" "Jeg er allerede holdt op!" svarede jeg. "Hvornår er du det?" spurgte hun undrende. "Lige nu!" svarede jeg. "Men kan sådan gøre det uden videre?" sluttede hun af. Jeg svarede hende: "Sagtens, jeg har fået så meget i mit liv, at jeg intet har tilgode!" Jeg har aldrig før eller siden set en læge grine så meget, hun grinede så tårerne løb ned ad hendes kinder. Jeg overholdt mit løfte til hende, jeg sluttede med det samme.

Der gik næsten syv år mere, før jeg igen skulle stifte bekendtskab med gastroskopien.

Efter min anden kone Runas død fik jeg problemer med maven og havnede på det store sygehus i Kristianstad i Sverige. Da den gamle mavelæge så mine mange små mavesår, sagde han sagte og utrolig pænt: "Hvor ville det være godt for dig, hvis du kunne lade være med at drikke alkohol eller måske bare nøjes med at drikke en lille smule."

Da jeg fortalte ham, at jeg var holdt op med de stærke sager for nogle år siden og nu kun drak øl og vin, smilte han og sagde: "Jamen så kender du jo opskriften, så bliver det ikke svært for dig at begrænse øllet og vinen." Jeg måtte fortælle ham, at for mit vedkommende blev det enten eller, så jeg ville holde helt op med at drikke alkohol, også øl og vin. Da han hørte det, fik jeg et kærligt klap på skulderen. Jeg kendte nemlig mig selv så godt, at jeg vidste, at det var enten eller, så jeg stoppede totalt med alle former for alkohol, og jeg har aldrig fortrudt det.

Så jeg må tilstå, at jeg efterhånden i mange år har levet et liv uden smøger og alkohol.

Et liv uden alkohol og sprut

Jeg lever uden alkohol og sprut
Men tro ej derfor, at mit liv er kaput.

Jeg nyder dagens sol,
mens jeg sidder i min stol

og glæder mig over de smukke piger;
jeg føler mig som en gammel tiger,

der ikke røber en hemmelighed,
som kun jeg ved

Jeg følger opskriften på livets værdier så godt jeg kan
og drikker af livets vand

Så jeg håber på,
at alle vil forstå,

at der er andre værdier mange
så vær ej for at stoppe bange!

Desuden har jeg nogle gange i Marokko været nødt til at kontakte "min lille berber læge," doktor Benbani. Hans bedste medicin til en gammel mand er: "Gå - gå og bliv ved med at gå!" Så jeg går mine daglige ture, både når jeg er i Sverige, og når jeg er i Marokko, og jeg kan mærke, at det "giver pote!"

Jeg har desuden gennem årene samlet nogle leveregler sammen, som jeg hermed bringer videre:

Leveregler

Nul alkohol!

Nul tobak, gælder også snus!

Lev socialt. Gerne med nære venner, familie og ægtefælle. Forstå dine medmennesker. Hjælp andre!

Befri dig selv fra had og splid!

Befri dit sind for bekymringer!

Lev simpelt! Undgå færdiglavet mad med kemikalier. Spis gerne økologisk mad. Varier kosten, ikke for meget kød, slet ikke for meget oksekød! Suppler med vitaminer og kosttilskud!

Hold hjernen i gang! Deltag aktivt i debatter! Læs bøger og artikler! Hav noget at se frem til - projekter etc.

Motioner hver dag, hvis ikke andet gå - gå – gå!!!

Lad dig vaccinere!

Forstå din krop, mærk efter!

Hold styr på blodtrykket!

Hold styr på vægten!

Beskyt dig! Arbejde - cykel - motorcykel etc.

Bemærk, at det er mine livsråd; alle jer der kan styre indtaget af alkoholen, kan naturligvis se bort fra det første råd.

Selvom jeg føler mig både psykisk og fysisk harmonisk, kan der selvfølgelig alligevel være dage, hvor jeg ikke er helt oppe på mærkerne. Når dette sker, tænker jeg på nogle sætninger/bud, som jeg oprindelig fik på engelsk uden rim. Jeg modtog dem på Facebook fra en kvinde, der er en stor ynder af arabisk poesi, så jeg var ikke i tvivl om, at de på arabisk havde været skønne velklingende vers. Jeg oversatte derfor de modtagne bud til dansk og satte dem i al ydmyghed på versemål.

Det blev til følgende:

Dine dage behøver ikke altid at være lyse

Vær blid overfor dig selv og vis respekt,
ingen siger du hver gang skal være perfekt.

Dine dage behøver ikke altid at være vidunderlige
og lyse,
der vil være dage, hvor du vil gyse;

hvor din passion og energier er lave,
hvor du føler ingen motivation at have.

For at komme gennem disse dage,
skal du acceptere dem uden at klage.

Du skal omfavne din trætte sjæl inden i
og respektere dine evner og energi.

Dette er vores menneskelige natur,
der svinger med verdens ur.

Det er enkelt at forstå,
ikke bare for de få!

Jeg har også, som den verdensborger, jeg selv mener, jeg er, testamentarisk bekendtgjort, at jeg skal begraves på det sted, hvor jeg dør.

Hvis jeg ender mine dage i Sverige, vil jeg begraves dér, hvis det bliver i Danmark, vil jeg begraves i Danmark, og hvis det bliver i Marokko, vil jeg begraves på kirkegården, det må vel hedde "moskegården," som ligger ovre på den anden side af dalen, så jeg derfra kan ligge og kigge på mit elskede hus.

Jeg troede egentlig, at alt var klappet og klart, når det stod i mit svenske testamente og tænkte derfor ikke nærmere over de marokkanske regler, indtil den dag, hvor jeg tilfældigt fortalte min gode ven, den kombinerede tømmerhandler, jurist og filosof, Soufiane om min beslutning.

Da han kiggede op på mig, sagde han, at det krævede et specielt marokkansk dokument, hvis jeg ville begraves Marokko. Det havde jeg overhovedet ikke regnet med.

Nogle dage efter gik vi begge derfor over til en advokatven i den anden gade - Rue de Imimmiki - hvor jeg fik lavet den behørige dokumentation.

Min datter Christina er min bogholder, der opbevarer alle mine dokumenter vedrørende mine forskellige gøremål, inklusiv dokumenter, der også vedrører min kone Jamila.

Hele denne dokumentations proces fortæller lidt om forskellen i vores lovgivning i Danmark/Europa og Marokko.

Lederne

Jeg har spekuleret meget på, om jeg skulle medtage dette kapitel i min bog.

Bogen handler primært om religion, og jeg har allerede skrevet om tyranner, despoter og andre ledere.

Men efter en del overvejelser medtager jeg kapitlet, da sammenhængen mellem menneskets - homo sapiens ledere og religionen trænger til en større belysningsgrad, end den af mig allerede foretagne.

Det jeg har tænkt, konkluderet og skrevet omkring homo sapiens som flokdyret med en naturlig trang til en stærk leder står for min egen regning, jeg har hverken bevidst set, hørt eller læst om det specifikt; men erfaret det gennem et helt langt liv.

Lige siden tidernes morgen har hensynsløse, magtsyge personer, despoter og nu til dags terrorister - allesammen "mørke kræfter," forsøgt at samle vores verden til ét rige - deres rige, så de kan hundse med os - deres medmennesker og rage til sig af alle jordens rigdommene.

Umiddelbart kan jeg huske, at vi i skolen lærte om, Alexander den store, Romerriget, Osmannerriget og Hitlers tyske storrige. I dag har vi, som lige nævnt, terrorister med på repertoiret - al-Qaeda for eksempel, så de "mørke kræfter" er mange, og der kan helt sikkert nævnes mange, mange flere.

Selvom de værktøjer de "mørke kræfter " har brugt og bruger er mange, er der alligevel to, som markerer sig: Nedsættende tale og fordømmelse af levevis og religion af medmenneskerne på den anden side af hegnet og kapitalens magt.

Tricket med den nedsættende tale og fordømmelse af naboens levevis og religion har til alle tider fungeret; det er som at tænde en lunte til en stang dynamit, der eksploderer i et kæmpe brag! Nu skal de kanøfles de vantro sataner!

Magthaveren, despoten og tyrannen gnider sig i hænderne - det lykkedes endnu engang, at starte fighten, så der kan erobres land og åbnes skattekister; hans magt og formuer øges igen!

Når forberedelserne til krigen er gået i gang, det som vi kalder for oprustningen, behøves der penge, ligesom det kræver penge at kæmpe krigen, så der skal kapitel til. Denne kapital hentes fra magtfulde personer med præcis den samme holdning til deres medmennesker som flokkens leder/despoten. De ser deres store fordele ved at være venner med ham eller hende, så de kan få en bid af kagen enten direkte eller indirekte - så der kom kapitalens magt på banen.

Hvis vi skal have det hele til at fungere, skal vi, som jeg har sagt så mange gange, undgå at vores ledere bringer vores forskelle for had, hvad enten det er flokdyrets leder eller den åndelige leder, og dette opnår vi kun ved at have ledere, der ikke pisker stemningen op for egen vindings skyld. Så kunsten består i, at udvælge ledere af den rette karat, som ikke vil lede for berigelse; men for menneskehedens bedste; og hvordan gør vi så det?

Vi har i mange lande vedtaget, at det skal være gennem valg, demokratiske valg, hvad det så end er? For der er en ondsindet faktor, der griber mere og mere ind i dette; og det er igen kapitalens magt, med skumle personer der sidder på sidelinjen og pumper penge ind i valgkampen, så dem med de fleste penge til rådighed har de største chancer for at vinde valget, samtidig med at de efterfølgende får en stor magt over den valgte leder. - Bare se på valgkampene i USA!

Det er derfor min holdning, at valgene i et demokrati skal være lige med hensyn til økonomiske midler uden nogen indblanding og støtte fra andre. Men om det er opnåeligt og hvordan, ved jeg ikke.

Skal vi have fred i verden, skal vi acceptere hinandens værdier og forskelle - ikke mindst religiøse forskelle og prise hinandens ligheder, så vi må se at komme i gang med den rette proces.

Ledere som vil freden vinde

Det er hverken dig eller mig, der starter spliden,
det er tyrannen med sin viden.

Han skaber splid,
for at få magt til evig tid.

Vi på ham tror,
som var det vores bror.

Når han siger, at det muslimske folk
angriber med kniv og dolk,

går de kristne i krig
med et skrig.

Når han siger,
at de kristne angriber som en tiger,

er det muslimer, der går i krig
med et skrig.

Vi er så dumme på hver sin måde,
så hvem skal os dog råde?

Tyrannen skal det i hvert fald ikke,
ham skal vi lade ligge

i sin egen sø,
så han i sin pøl kan dø!

Tyrannernes tid skal være forbi,
vi skal erkende, at vi kan dem ikke li'!

Vi ledere skal finde,
som vil freden vinde!

Som ej vil skabe splid,
men fred til evig tid.

Efterskrift

Jeg spekulerer tit på, hvad vi kan gøre for at blive bedre til at se vores verden fra et objektivt medmenneskeligt synspunkt?

Mit svar må være. Rejs ud i verden, oplev din "modstanders" verden, prøv at se verden med tolerance fra hans eller hendes synspunkt og normer, prøv at forstå, hvorfor andre opfatter tilværelsen anderledes og håndterer den anderledes.

Når du erkender forskellighederne og lighederne; når du har erkendt at fordømmelse af andres liv ikke er vejen frem, er du nået langt!

Det er ingen tilfældighed, at jeg som indledning til min hjemmeside:

eventyrogstjernestoev.dk

har skrevet følgende vers:

Giv dog dine medmennesker en chance.

Giv dog dine medmennesker en chance.
Jeg afskyr selvhøjtidelig og arrogance.

Selvom du måske ikke tror på Gud,
skal du overholde hans bud!

Om du er farvet eller ej.
Betyder slet ingen ting for mig.

Bare du aldrig giver op
og holder din medmenneskelige værdi i top!

Når jeg ser, hvordan alle omkring mig farer afsted og hidser sig op, har jeg et lille vers i baghånden:

Skulle jeg ikke, nu hvor I alle hidser jer op, tage
den med ro.
Det kommer jeg til i en time eller to!

Jeg opdagede, at dette vers skal tages med en vis modifikation, for da jeg skulle med flyveren fra Agadir til København først i januar måned, hvor alle skulle hjem fra juleferie, og der var tumult i lufthavnen, fulgte jeg verset til punkt og prikke, hvilket jeg ikke skulle have gjort.

Da jeg tog den med ro i lufthavnen i Agadir

I må forstå,
at da bookning gik i stå,

satte jeg mig i ro på en bænk,
og tænk!

Pludselig var køen væk!
Jeg kiggede op ganske kæk,

løb over til skranken med en hast som vinden;
men indtjekningen var lukket tre minutter inden!

Hvorfor havde jeg det ikke hørt?
Alt det de havde sagt så skørt?

Jeg sagde, at de måtte forstå,
at jeg havde siddet og skrevet som få!

Jeg måtte tage det næste fly,
hvis jeg ville til københavnernes by!

Da de endnu engang hørte min klage,
blev der ringet frem og tilbage.

Så direktøren kom
og kiggede på mig så from.

Da jeg gentog, hvad jeg allerede havde sagt,
blev hans sanser vakt.
Så det endte med at jeg til flyet blev bragt!

Så nu tænker jeg bare på,
om jeg skal verset på en anden måde forstå.

En sommeraften på Gisseløre stranden, da jeg sad på samme sted, som dengang jeg så Hanne, min første barndoms kæreste, for sidste gang, hændte der noget meget mærkeligt, som jeg har svært så ved at fortælle om, så I får i stedet for et lille digt om hændelsen.

Da jeg mødte Hanne igen.

Et råb
om mit gamle minde og et håb!

Jeg sidder på stranden ved Gisseløre
og kan bare høre

bølgernes brus
i vindens svage sus.

Jeg ser på stenen, hvor engang Hanne sad,
og føler i mit hjerte det samme kvad.

Mit hjerte græder på ny
det er den gamle sky,

der dækker mit hele sind
i den varme aften vind.

Så ser jeg Hannes silhuet,
den er ganske net.

Jeg kan ikke mine øjne tro?
Hanne smiler denne gang ganske fro!

Selvom der stadig intet blik er at fange,
føler jeg mig ikke bange.

Denne gang går jeg over til hende,
min gamle barndomsveninde.

Da jeg kommer nær,
ser jeg på hendes tær.

Jeg genkender den tredje tå,
som sidder lidt på skrå.

Jeg genkender hendes duft
i den tidlige aftenluft.

Nu ser jeg ind i hendes øjne to.
Jeg ser hendes smil så fro.

Jeg bliver i mit hoved ganske ør.
Jeg må være blevet skør.

Hun bukker sig frem og hvisker i mit øre:
"Nu skal du bare høre!

Jeg er ikke længere livets slave.
Jeg bor i paradisets have.

Hvis du kommer der en gang,
vil vi synge vores gamle sang

hos din Vor Herre og min Gud
og følge hans bud!"

Jeg lukkede mine øjne to
og faldt til ro

Da jeg kiggede op var Hanne væk,
hvor hun havde siddet, løb der nu en bæk.

Jeg vendte mig om og gik tilbage med fred i mit sind
i den svale sommer aften vind.

Selvom gråden i mit hjerte stadig er til stede,
er den nu blandet med glæde.

Jeg kender min tro
og vil engang med de andre hos Hanne bo

hos vores samme Gud,
din og min Gud, og vi vil følge hans bud,

hvad enten vi er sorte, hvide gule eller blå.
Vil alle vil budskabet forstå.

Budskabet om fred
i den nye verden så bred!

Jeg ser i mit stille sind hele rammen
og tænker et sagligt: Amen!